AF313018

JEAN REYNAUD

NOTES INÉDITES

ET

EXTRAITS

PARIS

LIBRAIRIES-IMPRIMERIES REUNIES

2, rue Mignon

MAY ET MOTTEROZ

—

1892

JEAN REYNAUD

NOTES INÉDITES

ET

EXTRAITS

PARIS

LIBRAIRIES-IMPRIMERIES RÉUNIES

2, rue Mignon

MAY ET MOTTEROZ

1892

L'esprit humain ne connaît pas de limites au domaine qu'il a reçu : il bat·et dévore éternellement ses rivages. Son flux monte sans cesse : ce qui était au-dessus de lui dans un temps est inondé par lui dans un autre, et c'est Dieu qui, en lui inspirant l'aversion de l'obscurité et la sublime curiosité de la lumière, l'a soumis lui-même à cette loi... Poussez et l'on vous ouvrira, dit généreusement l'Évangile.

(Terre et Ciel, p. 171.)

On peut donner plusieurs sens à l'Écriture. Où est le mal, si, à votre clarté, je découvre un sens que vous me montrez véritable, quoique ce sens ne soit pas le sien, et malgré cette différence laisse le sien dans toute sa vérité?

Quand nous voyons que ce que tu dis est vrai, de grâce, où le voyons-nous? Assurément, ce n'est pas en toi que je le vois, ce n'est pas en moi que tu le vois, nous le voyons tous deux dans l'immuable vérité qui plane sur nos esprits....

(Confessions de saint Augustin à propos de Moïse.)

DIEU

DIEU

Je me suis prosterné devant le Dieu incompréhensible; j'ai adoré sous les voiles dont il lui plaît de s'envelopper celui qui a fait l'homme pour l'aimer et le servir et qui a mis entre l'homme et lui l'obscurité; celui dont les lueurs brillent partout et dont la personne ne s'aperçoit nulle part; qui est tout entier en dehors de l'univers et tout entier en chacune de ses parties; qui régit les âmes et les laisse libres; qui a fixé dans le principe l'avenir de la terre, et qui l'abandonne au caprice des hommes; qui est immuable et s'affecte de nos moindres variations; qui n'aime que la justice et qui permet à l'iniquité de régner; dont la bonté est infinie et dont la volonté laisse carrière au mal; qui anime la raison et qui la confond; qui est mobile et immobile; souverainement libre et souverainement déterminé. Antithèse éternelle qui n'a de solution qu'en elle-même!

J'ai ouvert mon cœur aux effluves qui nous arrivent du fond de son infini dès que nous lui faisons appel du fond du nôtre; j'ai retrempé ma vitalité dans la pensée que si je suis incapable d'entrer dans le mystère de sa vie, il n'entre pas moins incessamment dans la mienne et qu'il suffit que je le veuille pour qu'il la conduise dans les voies de sa perfection.

Qu'il m'accepte parmi les siens; qu'il efface mes fautes, répare mes torts, corrige mes infirmités ! Son nom seul, sous quelque forme que ce soit, pourvu qu'elle soit digne de lui, m'élève dès que je l'entends.

Voûtes sévères, vous faites retentir celui que lui donnaient nos pères, il y a six cents ans, et ce nom me remplit; mais ma pensée ne vous invoque pas moins, cimes des Alpes, étoiles de la nuit, mers, tempêtes, qui me dites celui qu'il porte dans les profondeurs de l'ineffable nature (1).

Si nous pouvons espérer trouver Dieu quelque part, c'est évidemment dans les dernières profondeurs de notre être où il y a de l'infini.

Dieu est la plus parfaite réalité que nous puissions connaître : existence séparée de la nôtre et des objets et cependant universelle. C'est lui qui communique à l'univers toutes les forces dont il est animé. Les phénomènes de la nature ne sont que les témoignages de son omnipotence. Nous ne pouvons rien connaître profondément si nous ne le connaissons avant tout.

(1) Au Duomo de Trente (1840).

Mon Dieu, je crois en vous, et, quand même je le voudrais, il n'est pas en mon pouvoir de douter de la réalité de votre personne, libre, intelligente, agissante.

Je connais Dieu, mais je ne le comprends pas, par où je comprends que je ne suis pas infini comme lui; mais je l'aime, j'adhère à lui. D'où vient cette union du fini à l'infini? Elle ne peut venir du fini, donc elle vient de l'infini. Donc cet infini existe. Bien plus, à ce point, je me sens aimé de Dieu. Donc Dieu existe, et il me révèle avec certitude sa présence par ce sentiment qu'il me donne de son amour pour moi.

Si nous avons l'idée de Dieu, c'est Dieu qui la fait resplendir en nous, parce que Dieu est Dieu. Il n'a pas inscrit son nom personnel dans l'univers. Il a mieux fait, il s'est inscrit dans nos cœurs. Nous ne pouvons nous en faire idée sans l'aimer, sans être absolument convaincus, non seulement de son existence, mais de sa présence en nous-mêmes.

Arrivé à faire naître l'amour de Dieu d'après le possible, le probable, le désirable, on possède Dieu, et alors on comprend la certitude de toutes les connaissances antérieures. Les principes de la raison, de la foi, de l'espérance, sont les rayons que Dieu fait briller en nous sous des formes diverses : absolu, espace, temps. Ce sont les révélations faites à tout homme, et nécessaires pour qu'il se conduise, se perfectionne, s'élève à Dieu.

Vouloir, penser, aimer : énergie de caractère, lumière de l'intelligence, bonté du cœur : trois puissances de l'homme. Il les perçoit dans leur absolu infinitif, mais il a conscience qu'elles sont très limitées en lui. Selon l'athée, l'homme projette hors de lui son essence absolue et s'en fait un objet qu'il nomme Dieu et qui revient sur lui en le réduisant à l'état de sujet. Dieu ne serait donc que l'homme idéalisé ? Absurde. Incompréhensibilité de Dieu non plus grande que celle de l'intelligence de l'homme.

Dieu n'étant semblable à aucun autre objet, je ne puis tendre à le connaître comme je connais les autres objets ; il faut à son égard un mode de certitude particulier. Je ne m'étonne plus si la charité est nécessaire.

Dieu exige, pour se révéler à nous, la coalition de toutes les puissances dont il nous a doués, et il nous remontre ainsi, par une belle leçon, que la raison n'est pas tout notre être, puisqu'elle est incapable de lui procurer, à elle seule, la lumière dont il a le plus besoin.

..... Aussi faut-il admirer ici la loi hébraïque, à laquelle le monde ne cessera jamais d'avoir recours comme au fondement même de l'histoire de Dieu sur ce point. Elle ne dit pas : Cherche Dieu ; elle dit : Aime Dieu.

En résumé, le rationalisme nous conduit à l'athéisme, puisque aucune démonstration de Dieu n'en sort. Ce n'est pas sur la raison seule que doit être fondé l'ensemble de notre connaissance sur Dieu, le monde, nous-mêmes, mais sur une puissance plus complexe dont la raison n'est qu'une face. Espérons que, dans une vie supérieure, Dieu augmentera l'étendue et la puissance des rayons qu'il envoie au fond des âmes, et, qu'ainsi, notre connaissance s'élèvera en même temps que notre piété, et par des moyens aussi naturels que ceux dont nous jouissons aujourd'hui.

Quand je m'imagine cette sublime puissance dont je ne puis seulement me définir la nature, s'inclinant pour me donner l'être : Dieu, d'une part; moi, chétif et misérable de l'autre; me faisant petit afin qu'un jour, ayant contribué moi-même à ma grandeur, je me sente plus grand; me préposant en modèle de perfection, et me mettant en mesure de m'y conformer; veillant sur chacun de mes pas, et, malgré mes ingratitudes, m'aidant toujours; faisant plus pour moi que n'ont jamais pu faire parents et bienfaiteurs; je me sens touché au fond de l'âme et le mouvement d'amour se déclare; dès lors, le problème est résolu, je n'ai pas besoin de logique et de métaphysique : j'aime, je suis convaincu, je ne suis plus le maître de douter de la vérité de ce que j'aime!

Pour savoir si le panthéisme règne, ce n'est pas Dieu qu'il faut étudier pour savoir s'il est tout. C'est l'homme qu'il faut étudier pour savoir s'il est libre et d'une personnalité infinie.

Je me figure un enfant élevé loin du soleil, et placé au lever de cet astre en face d'une grande ville. Ses yeux sont éblouis par les rayons qui jaillissent de tous les monuments, et l'admiration les remplit en même temps que la lumière. Qu'il s'imagine que les scintillements émanent d'un immense foyer situé derrière la ville et rayonnant à travers ses ouvertures, voilà le panthéisme. Qu'il s'imagine qu'il y a autant de foyers distincts qu'il voit luire de monuments : voilà le polythéisme. Mais qu'un accident quelconque l'oblige tout à coup à se retourner, il apercevra précisément à l'opposé de ce brillant spectacle le vrai foyer de la lumière, et c'est devant ce solitaire du ciel qu'il tombera en extase, car il verra dès lors, dans les splendeurs de la terre, un éclat réfléchi et non pas un éclat direct, un effet de la puissance, et non pas la puissance même.

(Notes.)

TRINITÉ

Le mot de *personne*, qui ne s'explique point et qui ne se peut expliquer, puisque la lumière naturelle ne nous permet pas de nous élever assez haut pour savoir comment est Dieu, ce mot de *personne*, qui fait tout le mystère, ne serait-il pas précisément ce qui correspond à l'imperfection de la forme dans laquelle nous enveloppons le sentiment de la vie de Dieu ?

Le mystère, dans ce qu'il a de plus essentiel, et indépendamment de toute forme, ne se réduit-il pas à ce que la vie de Dieu n'est nullement semblable à celle de l'homme ; qu'en donnant aux qualités constitutives de l'homme un mouvement indéfini vers la perfection et en séparant en même temps cet homme idéal de ses semblables, on ne produit, par cette imagination, qu'un effroyable solitaire, et que ce n'est point là *ce qu'est Dieu ;* que le sentiment qu'il faut avoir de sa vie est tout autre que celui du moi solitaire, et que, bien qu'on ne la puisse définir adéquatement, on marque du moins la différence d'avec celle de ce solitaire que notre sentiment repousse en la présentant sous la forme du mariage trinaire?

O Dieu de lumière! vous vous connaissez parfaitement et, par là même, vous concevez en vous une image parfaite de votre personne. Elle est le produit de votre substance qui est intelligence, et ne s'en sépare point, car elle y demeure, et, ainsi, il faut la dire consubstantielle ; et, de même, elle est avec vous et non après vous, puisque, étant éternellement intelligent, vous vous concevez et par conséquent vous reproduisez, dans la substance de votre pensée, de toute éternité ; donc, il faut la dire aussi coéternelle. Elle ne fait qu'un avec vous, et cependant elle se distingue de vous, puisqu'elle n'est pas comme vous principe premier. Je vois en vous Dieu pensant, et dans cet autre sujet excellemment semblable, sans être identique, Dieu pensé.

Mais toute l'impulsion de la vie ne se réduit pas à la pensée. Si, dans notre nature, telle qu'elle se manifeste à nous, lorsque nous l'abstrayons de tout objet externe pour la réduire à elle-même, nous découvrons la force d'être avec la force de comprendre, nous ne découvrons pas moins la force d'aimer. Non seulement nous sommes et nous comprenons que nous sommes, mais nous aimons à être, et comme, pour nous comprendre, il faut premièrement que nous soyons, pour nous aimer, il faut d'abord que nous nous comprenions. C'est un enchaînement nécessaire, et c'est l'amour qui le conclut, puisque, en aimant notre être, nous aimons à la fois l'image qui en est conçue et la force qui la conçoit. Mais comment pourrais-je assimiler la manière trouble et confuse dont je m'aime à la manière sublime et lumineuse dont vous vous aimez vous-même, ô vous qui êtes, à la fois, si digne d'inspirer de l'amour et si capable d'en ressentir ! Vous ne pouvez avoir en vous une image si fidèle de votre personne, sans l'aimer et vous aimer en elle parfaitement. Le même mouvement qui vous porte vers elle, vous le voyez régnant en elle vers vous, puisque vous ne sauriez vous voir sans voir que vous vous aimez. Il y a donc une conspiration de vous et de votre image vers un même sujet qui n'est autre que vous, tout en différant de vous cependant, puisqu'il est le produit commun et de vous et du second sujet qui est en vous. Consubstantiel, comme venant d'une opération de votre amour sur vous-même ; coéternel, puisque vous ne pouvez vous concevoir sans vous aimer ; parfaitement égal, puisque aucune des propriétés de votre nature ne saurait lui manquer. Il est le Dieu aimé, comme la seconde hypostase était le Dieu pensé. De même que c'était par l'intelligence que la nature divine se communiquait à celle-ci, c'est par l'amour qu'elle arrive à cette troisième, et il ne peut y avoir entre elles trois que cette différence immanente et nécessaire qui suffit pour leur distinction éternelle. Tandis que la première ne procède que d'elle-même, la seconde procède de la première et la troisième des deux autres ensemble, qui, dans leur conspiration, ne sont qu'*un*.

Trinité est donc votre vrai nom ! on ne peut vous voir vivant et infini, sans vous voir implicitement un et triple, ni un et triple, qu'on ne vous voie de là vivant et infini ; car, à vous seul appartient cette constitution parfaite dont nous n'offrons que l'ombre. C'est un nom fixé pour tous les âges, puisque, comprenant votre vie même, il enveloppe nécessairement toute dénomination qui vous convient. Il demeurera comme une conquête complémentaire de celle qui a donné à l'esprit humain, dans les premiers temps, votre unité.

Mais, plus il est vrai, plus il semble qu'il faille redouter les abus que le langage peut en faire. Ne doit-on pas se borner à entrevoir sous ce grand nom de trinité une simple lueur des mystères particuliers de votre vie ? Dans son incompréhensibilité sont enveloppés des phénomènes que nous ne soupçonnons seulement pas. La contemplation de ce que nous sommes, en nous révélant la nature des puissances essentielles de la vie, a bien pu nous conduire sur la voie des conditions générales de votre existence, mais non point nous mettre en mesure de les atteindre. Nous ne sommes point en droit de conclure entièrement de la connaissance de notre personne à la connaissance de la vôtre, car, du principe de votre infinité dans lequel nous ne pouvons entrer, découle nécessairement une multitude de conséquences propres, dans l'analyse desquelles notre science, dépourvue d'analogie, échoue pleinement. Votre psychologie est toute différente de la nôtre. Faisons-nous solitaires, nous tombons dans un état monstrueux pour lequel nous ne sommes point faits, tout à l'opposé des magnifiques vivacités (ou vitalités) dans lesquelles vous êtes.

Reployés sur nous-mêmes, nous voilà dans l'immobilité et le silence, incapables que nous sommes de nous entretenir suffisamment, étant par nous-mêmes si peu de chose et ne sachant même pas la totalité de ce que nous sommes, incapables de nous aimer véritablement, puisque nous n'avons dans l'amour de nous-mêmes qu'une force fatale dont le gouvernement nous échappe, et qui ne saurait nous délecter, dès qu'elle ne saurait se justifier. Quel contraste avec les solides et nourrissants échanges de vos trois hypostases entre elles! Un flot inépuisable de conversation et d'amour s'épanche éternellement en vous. Vous êtes seul, mais vous n'êtes pas isolé, car vous êtes en face de vous-même, qui vous faites la seule société qui soit digne de vous : en conversant avec vous-même, vous ne conversez pas seulement avec les vivants de tous les temps, de tous les mondes et avec tous les possibles ; vous êtes seul et chérissez votre personne par-dessus toutes choses, et, pourtant, vous n'êtes pas plus égoïste en vous aimant ainsi que vous n'êtes solitaire en vivant dans la compagnie de vous-même : en vous aimant c'est le bien de toutes les créatures, et plus encore le bien absolu que vous aimez. Mais quelles sont les émotions de ce mouvement qui vous agite dans votre éternelle fixité? De quelles nuances ce fécond principe de la vie, que nous ne connaissons que par les conditions qu'il offre en nous, se revêt-il en vous? Que de phénomènes inconciliables dans notre entendement n'y développe-t-il pas sur ce premier fondement de l'un et du triple qui en est pour nous le sommaire ? C'est déjà beaucoup pour nous de

savoir que, tout en nous élevant à vous par l'amplifi-
cation de nous-mêmes, nous ne saurions cependant
nous peindre votre vie sous les couleurs de la nôtre.
C'est le progrès de la conception chrétienne sur la conception hébraïque. Mais, n'est-il pas permis d'espérer
que l'esprit humain n'en a pas encore tiré toutes les dé-
ductions légitimes ? On ne peut croire que son travail
de découvertes sur vos divins inconnus, pour embras-
ser désormais dans la connaissance de votre trinité sa
base essentielle, ait trouvé là son dernier terme, et nous
sommes fondés à penser que, comme vous l'avez en
quelque sorte forcé à accomplir jadis ce premier pas
en favorisant, par l'instigation des événements, sa force
naturelle d'invention, vous nous tenez sans doute en
réserve, pour des progrès ultérieurs, auxquels nous ne
saurions réussir sans vous, des miracles du même
genre.

(Études encyclopédiques.)

CRÉATION

CRÉATION

Il me paraît plus exact de considérer la création de l'univers comme une opération métaphysique de la divinité que d'y voir, comme l'a fait le moyen âge, un événement historique.

L'Être infini existe, voilà le principe primordial; il a connaissance de lui-même, voilà le second principe s'engendrant du premier et éternel comme lui, bien que logiquement postérieur; il aime à être et à se connaître, voilà le troisième principe, procédant consubstantiellement des deux autres et constituant leur relation réciproque.

... La création n'est autre chose que le produit instantané de la puissance, de la sagesse et de la bonté divines.

Lorsque je dis que l'univers a un commencement situé à l'infini, j'affirme que ce commencement, tout incompréhensible qu'il soit pour notre esprit, existe certainement; tandis qu'il appert que le commencement de Dieu n'existe certainement pas, car, à l'opposé de l'univers qui ne peut venir que de Dieu, Dieu ne peut venir de rien. L'un est le principe, l'autre est la conséquence. Imaginons une main posée de tout temps sur le sable : il est impossible d'assigner à l'empreinte aucune date, puisque l'époque de sa formation remonte au delà de toute mesure ; et cependant il est incontestable et que l'empreinte est postérieure à la main et qu'elle doit à la main son origine. Dieu est la main, le sable est le néant et l'empreinte est l'univers.

(Terre et Ciel, p. 223.)

Création, analogue à invention : c'est le travail de l'artiste qui crée, qui jette sa vie en dehors de lui, qui s'entoure des images de sa propre pensée.

Un poète crée un monde imaginaire : il met une planète dans l'espace. Il calcule ses dimensions. La terre n'est rien en comparaison, car, au contraire, elle va être si petite qu'elle ne sera qu'une boule errante dans l'immensité. De plus, il la peuple, l'anime : montagnes, fleuves, circulation, déserts, liquides singuliers, pierres d'or, pierreries ; puis la société, industrie, etc. Il imite Dieu se préparant à créer. Mais il ne peut l'imiter en faisant sortir de lui.

L'ubiquité n'est pas l'immensité, l'éternité le temps sans fin, l'omniscience le savoir logique ; créateur non opérateur, Dieu est l'activité productive universalisée, illimitée. Telle est la notion vague et incompréhensible du Créateur, on ne peut aller plus loin et dire : Comment a-t-il créé ?

Dieu, dans sa sagesse, pouvait créer ou ne pas créer; mais, dans sa bonté, il devait créer pour communiquer un bonheur effectif aux idées de sa sagesse. Dieu, pour ne pas créer, aurait dû faire violence à sa bonté, c'est-à-dire troubler le concert de ses trois personnes, ce qui est impossible. Aussi, dès que la précession de la trinité est accomplie, la création commence. Le règne de l'Éternité demeure et le règne du temps infini y prend sa base.

Ce n'est pas pour se rendre heureux qu'il crée, il l'est parfaitement : c'est par un effet de sa bonté, pour causer d'autres bonheurs à l'exemple du sien, et se communiquer.

Il est si bon qu'il fait le bonheur des autres sans que cela ajoute à son bonheur, par désintéressement. Il n'est donc pas déterminé par le plus parfait dans l'univers, mais par lui-même qui veut donner la plus grande somme de bonheur.

Saint Augustin dit que l'imperfection des créatures vient de ce qu'elles sont tirées du néant; mais il est évident que Dieu aurait pu faire ses créatures parfaites, impeccables, dès le premier instant de leur création, aussi bien qu'il le fait, dans les instants postérieurs, par l'efficacité de sa grâce et du développement de leurs qualités personnelles. La création de néant n'est donc point une raison. Je trouve cette raison dans la supériorité de la créature ayant coopéré sur la créature simplement gratifiée, du parvenu sur l'élu, de l'actif sur le passif. La loi de perfectibilité dans toute l'étendue de la série est le complément de la perfection de l'univers.

L'Erreur fondamentale de Pélage consiste à dire que l'homme fait le bien par les seules forces de la nature humaine, indépendamment de toute grâce actuelle intérieure. Ainsi s'évanouissent les liens qui tiennent attachée à Dieu chaque vie en particulier, et au moyen desquels la justification de chaque homme s'opère comme un prolongement de sa création ; dès lors, l'homme contiendrait en lui-même la source du bien, et, capable, si l'on peut ainsi dire, de se passer de Dieu, il gagnerait, par sa propre virtualité, la béatitude éternelle ; c'est une extrémité absurde et impie, car nous irions au ciel, comme si Dieu, après avoir existé pour nous créer, n'y était plus pour nous perfectionner.

(Notes.)